MONA le VAMPIRE

LES HOMMES EN NOIR

Hé, toi!
Surveille les illustrations aux contours ondulés,
et entre dans le monde imaginaire de Mona!

Les éditions Scholastic

Un bon matin, après un petit examen de mathématiques, Mlle Suffy dit :

— Mona, peux-tu aller avec Lily et Charlie chercher le projecteur de diapos dans la salle d'audiovisuel?

— Tout de suite, s'écrie Mona en s'élançant vers la porte avec Lily et Charlie.

Comme la porte se referme, Mlle Suffy s'adresse au reste de la classe :

— Les enfants, avant de l'oublier, je voulais vous dire que l'école Sainte-Lucie va recevoir aujourd'hui des invités de marque.

Dans le corridor, Mona et ses amis interrompent leur course — ils viennent d'apercevoir une étrange voiture noire garée devant l'école.

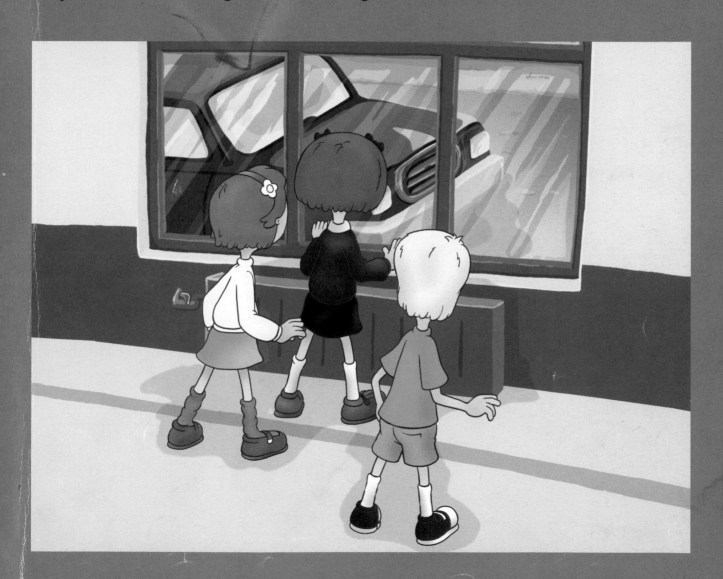

Mona entend de drôles de voix au bout du corridor. Elle s'avance pour jeter un coup d'œil et voit deux hommes en noir à l'allure bizarre.

— Le général ne rencontrera aucun obstacle, dit l'un des deux hommes. Ce sera un autre coup d'éclat de l'ONU.

— L'Organisation des Nations Unies?
demande Charlie.

— Mais non! s'exclame Mona. L'Ordre
des Nexiriens d'Uranus! Ce sont des
extraterrestres. Je les reconnaîtrais
n'importe où! Ils lavent le cerveau des
Terriens et les emmènent sur leur
planète pour les faire
travailler dans les
mines de sel.

Vite, il faut avertir tout le monde! Mona, Charlie et Lily retournent vers la classe en quatrième vitesse et entrent en coup de vent.

— Vous en avez mis du temps! gronde Mlle Suffy. Et où est donc le projecteur?

– Euuuh… je ne voudrais pas vous affoler…, commence Mona, mais l'ONU se trouve parmi nous!

– Nous le savons, réplique Mlle Suffy d'un ton impatient.

– Nous le savons, nous le savons, scande le reste de la classe.

– Oh, non! Ils se sont déjà fait laver le cerveau, pense Mona.

À la cafétéria, Lily regarde nerveusement autour d'elle.

— C'est difficile de savoir qui s'est fait laver le cerveau, dit-elle.

— Les oreilles, chuchote Mona. Oreilles propres égalent cerveau lavé.

Soudain, les hommes en noir se joignent à la file au comptoir.

— Soyez naturelles, murmure Charlie.

ZZZZZZZLoum !

Mona, Charlie et Lily plongent juste à temps sous la table. Horrifiés, ils regardent les deux affreux extraterrestres laver le cerveau de tous les enfants à l'aide d'un rayon qu'ils projettent par leurs étranges yeux verts.

— Qu'est-ce qu'on va faire? demande Lily lorsqu'ils sont hors de danger.

— Eh bien, les Nexiriens ont une faiblesse très intéressante : ils sont faciles à manipuler, dit Mona d'un ton pensif. J'ai un plan! Allons chercher le projecteur de diapos. Mona le Vampire a du pain sur la planche!

Dans la salle d'audiovisuel, ils trouvent un stroboscope et un chronomètre.
Mona ressort dans le corridor pour installer son piège.

— Retournez sur votre planète, nous avons encore besoin de la nôtre, scande
Mona dans la lumière qui clignote et fait danser des ombres inquiétantes.

Ensuite, Mona sort une montre qu'elle a empruntée.

— Vous avez sommeil, très sommeil..., murmure Mona. Vous voulez rentrer chez vous, dans votre galaxie...

— Bon, s'exclame un des agents, moi, je retourne sur ma planète!

Plus tard, dans le bureau de M. Bonneuil, le directeur,
Mona tente en vain de tout expliquer.

— Nos visiteurs de l'ONU se sont plaints de vous. Il paraît que vous avez
hypnotisé un des agents et qu'il se prend maintenant pour un extraterrestre!
Tout ce que nous attendions de vous, c'était de faire comme si les visiteurs
n'étaient pas là! hurle le directeur.

Au même instant, la secrétaire de l'école passe la tête par la porte :
— Le général Harundi de l'ONU vient d'arriver.
Le directeur sort en vitesse, et les trois amis se précipitent à la fenêtre.
— Oh non ! se désole Charlie en regardant la scène qui se déroule à l'extérieur.

Le général sort de sa voiture et lève les yeux vers eux.

— Oh-oh! grince Mona lorsqu'elle le voit se changer en un affreux extraterrestre.

Plus tard, lorsque M. Bonneuil fait visiter l'école Sainte-Lucie au général, Angela se jette devant eux et fait la révérence.

— Je m'appelle Angela. C'est moi, naturellement, qui ai été choisie pour vous remettre un livre aujourd'hui, minaude-t-elle.

Les hommes en noir la déplacent pendant qu'elle continue à parler d'elle. Le petit groupe s'éloigne rapidement.

C'est bientôt le moment où le maire va remettre la clef de la ville au général.

— Oh non, murmure Mona. Si le général a la clef, les Nexiriens d'Uranus auront accès à tous les cerveaux de la ville!

— Pas si on arrive à l'en empêcher avant, déclare Lily.

— Ce ne sera pas simple, il va nous falloir agir rapidement et... nous débarrasser d'Angela, ajoute Mona.

— Hé, Angela, viens voir la belle robe!
s'écrie Mona. Puis elle pousse Angela dans la
classe et verrouille la porte derrière elle.

— Et maintenant, un déguisement!
s'exclame joyeusement Mona en courant dans
le corridor.

Pendant ce temps, à l'Hôtel de ville, le maire commence à s'énerver. L'estrade qui doit servir à la présentation de la clef au général n'est toujours pas montée.

— Les visiteurs de l'ONU seront ici d'une minute à l'autre, ronchonne le maire. Viiiite!

— Au nom de la ville, je vous souhaite la bienvenue, Général Harundi, déclare le maire, encore nerveux.

L'estrade branle et craque lorsque les hommes en noir montent.

— Au tour de l'école Sainte-Lucie de remettre un cadeau au général, poursuit le maire. Angela Dupont!

Déguisée en Angela, Mona monte sur l'estrade. Elle remet gentiment le livre au général, qui la regarde d'un air soupçonneux.

— Euh... vous avais-je dit que j'avais été récompensée parce que je suis moi? minaude Mona en imitant la voix d'Angela.

– Hé! C'est la petite fille-
vampire qui m'a hypnotisé tout
à l'heure! s'exclame un des agents de
l'ONU. Il faut la faire disparaître, sinon elle va
gâcher toute l'opération.

Les agents s'approchent et tirent Mona en bas de l'estrade.
— Héééé! Qu'est-ce qui se passe? s'écrie Mona, en se débattant.

Mona voit le général redevenir un affreux extraterrestre à qui le maire remet la clef de la ville.

Enfin, Mona réussit à se libérer et s'élance sur l'estrade. Elle ne va tout de même pas laisser le général des Nexiriens d'Uranus mettre la main sur la clef de la ville!

Mona s'empare de la clef et pousse le
général et le maire, qui tombent en bas de
l'estrade. Soudain, toute la structure se met
à craquer et à vaciller...

Puis elle s'effondre dans un grand fracas. Il ne reste plus qu'un tas de planches. Furieux, le maire s'avance vers Mona, qui regarde les dégâts.
— Te rends-tu compte de ce que tu viens de faire? demande-t-il.

Au même instant, une main se pose doucement sur l'épaule de Mona.
Un des hommes en noir est derrière elle. Il sourit.

— Elle vient de sauver le général. Elle a vu que l'estrade allait s'effondrer —
cette jeune fille est une véritable héroïne.

— Euh... hum... toutes mes félicitations! marmonne le maire.

Plus tard, Mona et ses amis entourent le général pour lui dire au revoir.

— J'ai une dette envers toi, lui dit le général. Comment puis-je te remercier?

— C'est simple, répond Mona en rougissant, au lieu d'envahir la Terre, je veux que vous la protégiez.

Au moment d'aller au lit, Mona regarde fièrement la première page du journal. Elle lit avec orgueil : « Une petite fille sauve le secrétaire général des Nations Unies. »

— Voilà, Croc, la Terre est sauvée, nous pouvons dormir sur nos deux oreilles.